DONATED BY:
Sparboe Companies
Celebrating 50 Years in Litchfield

Colores para comer

Alimentos anaranjados

Patricia Whitehouse

Traducción de Patricia Abello

Heinemann Library
Chicago, Illinois

Customer Service 888-454-2279
Visit our website at www.heinemannlibrary.com

Designed by Sue Emerson, Heinemann Library; Page layout by Que-Net Media™
Printed and bound in the United States by Lake Book Manufacturing, Inc.
Photo research by Jill Birschbach, Heinemann Library

08 07 06 05 04
10 9 8 7 6 5 4 3 2 1

Library of Congress Cataloging-in-Publication Data
Whitehouse, Patricia, 1958-
   [Orange foods. Spanish]
   Alimentos anaranjados / Patricia Whitehouse.
       p. cm. -- (Colores para comer)
Includes index.
Summary: Introduces things to eat and drink that are orange, from orange
juice to sweet potatoes.
   ISBN 1-4034-3854-4 (HC), 1-4034-3846-3 (Pbk.)
   1. Food--Juvenile literature. 2. Orange (Color)--Juvenile literature.
[1. Food. 2. Orange (Color) 3. Spanish language materials.] I. Title.
TX355.W46618 2003
641.3--dc21

                              2003049969

Acknowledgments
The author and publishers are grateful to the following for permission to reproduce copyright material:
Title page, p. 13 The Image Bank/Getty Images; p. 4 Ed Young/Corbis; pp. 5, 8, 11, 12, 16, 17, 18, 19, 20, 21, 22, 24 Que-Net/Heinemann Library; p. 6 Paul A. Souders/Corbis; p. 7 Dave Liebman; p. 9 Corbis; p. 10 FoodPix/Getty Images; p. 14 Dwight Kuhn; p. 15 judywhite/GardenPhotos.com; p. 23 (row 1, L-R) FoodPix/Getty Images, Que-Net/Heinemann Library, Que-Net/Heinemann Library; (row 2, L-R) Corbis, The Image Bank/Getty Images, Que-Net/Heinemann Library; (row 3, L-R) Que-Net/Heinemann Library, Que-Net/Heinemann Library, Paul A. Souders/Corbis; (row 4, L-R) FoodPix/Getty Images, The Image Bank/Getty Images; back cover (L-R) Corbis, FoodPix/Getty Images

Cover photograph by Que-Net/Heinemann Library

Special thanks to our advisory panel for their help in the preparation of this book:
Anita R. Constantino
Literacy Specialist
Irving Independent School District
Irving, TX

Aurora Colón García
Reading Specialist
Northside Independent School District
San Antonio, TX

Leah Radinsky
Bilingual Teacher
Inter-American Magnet School
Chicago, IL

Ursula Sexton
Researcher, WestEd
San Ramon, CA

Unas palabras están en negrita, **así.**
Las encontrarás en el glosario en fotos de la página 23.

Contenido

¿Has comido alimentos anaranjados?

Estamos rodeados de colores.

Seguramente has comido alimentos de estos colores.

Hay frutas y verduras anaranjadas.

También hay otros alimentos anaranjados.

¿Qué alimentos anaranjados son grandes?

tallo trepador

Algunas calabazas son grandes y anaranjadas.

Las calabazas crecen en tallos trepadores.

calabaza

Ésta es otra clase de calabaza que también es grande y anaranjada.

Para comerla, hay que cocinarla.

¿Qué otros alimentos anaranjados grandes hay?

camote

Este pastel de **camote,** o batata, es grande y anaranjado.

Está hecho con camotes cocidos.

semilla

Este **melón** es grande y anaranjado por dentro.

Tiene muchas semillas.

¿Qué alimentos anaranjados son pequeños?

Los **albaricoques** son pequeños y anaranjados.

Crecen en árboles.

cáscara

Las **mandarinas** son pequeñas y anaranjadas.

La parte de afuera de la mandarina se llama **cáscara**.

11

¿Qué otros alimentos anaranjados pequeños hay?

Estas **lentejas** son pequeñas y anaranjadas.

Para comerlas, hay que cocinarlas.

pepa

Algunos **melocotones** son pequeños y anaranjados.

Tienen una semilla grande por dentro que se llama **pepa**.

¿Qué alimentos anaranjados son crujientes?

Las zanahorias son crujientes y anaranjadas.

La parte que comemos crece debajo de la tierra.

Este pimiento es crujiente y anaranjado.

Los pimientos anaranjados crecen en plantas.

¿Qué alimentos anaranjados son suaves?

Este queso es suave y anaranjado.

El queso se hace de leche.

cáscaras

La **mermelada** es suave y anaranjada.

Se hace con **cáscaras** de naranja.

17

¿Qué alimentos anaranjados se toman?

El jugo de naranja es anaranjado.

Se hace exprimiendo el jugo de las naranjas.

mango

El jugo de **mango** es anaranjado.

Se hace con mangos.

Receta anaranjada: Ensalada de frutas

Pídele a un adulto que te ayude.

Primero, corta pedacitos de naranja, **mango**, **melón** y **mandarina**.

Mezcla los pedacitos de fruta en un tazón.

¡Disfruta tu ensalada de frutas anaranjadas!

Prueba

¿Sabes cómo se llaman estos alimentos anaranjados?

Busca las respuestas en la página 24.

Glosario en fotos

albaricoque
página 10

mermelada
página 17

camote
página 8

melón
páginas 9, 20

melocotón
página 13

mandarina
páginas 11, 20

lentejas
página 12

cáscara
páginas 11, 17

**tallo
trepador**
página 6

mango
páginas 19, 20

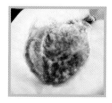

pepa
página 13

Nota a padres y maestros

Leer para buscar información es un aspecto importante del desarrollo de la lectoescritura. El aprendizaje empieza con una pregunta. Si usted alienta a los niños a hacerse preguntas sobre el mundo que los rodea, los ayudará a verse como investigadores. Cada capítulo de este libro empieza con una pregunta. Lean la pregunta juntos, miren las fotos y traten de contestar la pregunta. Después, lean y comprueben si sus predicciones son correctas. Piensen en otras preguntas sobre el tema y comenten dónde pueden buscar las respuestas. Ayude a los niños a usar el glosario en fotos y el índice para practicar nuevas destrezas de vocabulario y de investigación.

Índice

Respuestas de la página 22

jugo de naranja | naranja | calabaza
mandarina | queso | mermelada
pastel de camote | camote | lentejas | melón | zanahoria | pimiento